Tim Berger

Sudoku 44

44 mittelschwere Sudokus

garantiert Schritt für Schritt logisch lösbar

asymmetrisch, variantenreich

Band 1

© 2010 Tim Berger

Herstellung und Verlag:
Books on Demand GmbH, Norderstedt

ISBN 978-3-8391-6735-9

Die Garantie:

Alle Sudokus haben nur eine einzige Lösung.
Jeder Schritt ist durch Logik zu ermitteln.
Ausprobieren entfällt!

Die Regel:

Jedes Sudoku ist so mit den Zahlen 1 bis 9 zu füllen, dass jede dieser Zahlen in jeder Reihe, jeder Spalte sowie jedem Neunerblock nur einmal vorkommt.

Lösungswege:

Notieren Sie Zahlenpaare!
Bleiben in einem Neunerblock für eine Zahl nur noch zwei mögliche Felder übrig, dann notieren Sie diese Zahl in beiden Feldern jeweils in einer Ecke. Sie werden sehen, dass auf diese Weise auch schwierige Sudokus leichter zu lösen sind.

Prüfen Sie: Welche Position kann eine **Zahl**
- innerhalb einer (waagerechten) Reihe haben?
- innerhalb einer (senkrechten) Spalte haben?
- innerhalb eines Neunerblocks haben?

Nehmen Sie sich die fehlenden Zahlen einer **Reihe** vor. In welchem Block ist eine dieser Zahlen bereits vorhanden? Lassen sich (von den noch fehlenden Zahlen) in einem bestimmten Feld der Reihe alle bis auf eine oder zwei ausschließen, weil sie bereits in der dazugehörigen Spalte vorkommen? (Wenn dabei noch zwei Zahlen übrig bleiben, sollten Sie diese klein in der Mitte des Feldes eintragen!)

Überprüfen Sie genauso jede einzelne **Spalte**.

Gibt es innerhalb eines **Neunerblocks** noch freie Dreierreihen oder/und -spalten? Lassen sich hier Zahlen ausschließen, wenn Sie die dazugehörigen Neunerreihen/-spalten betrachten? Sollten in einem Block für eine Zahl zwei mögliche Positionen übrigblei-

3

ben, dann tragen Sie diese Zahl in den <u>Ecken</u> der beiden Felder ein.

Oder Sie nehmen sich in einem Block alle fehlenden Zahlen vor. Bleibt beim Vergleich mit den entsprechenden Reihen und Spalten für eine der Zahlen am Ende nur noch eine einzige Position übrig?

Wenn in der Anfangsphase in einem Neunerblock eine Dreier-reihe oder -spalte irgendwann komplett ausgefüllt ist, dann er-geben sich innerhalb der gesamten Blockreihe bzw Blockspalte (= drei Blöcke mit insgesamt 27 Feldern) für manche Zahlen Positionszwänge (Zahlenpaare notieren!)

Überprüfen Sie auch, ob für ein bestimmtes **Feld** nur noch eine einzige Zahl möglich ist. Suchen Sie ein leeres Feld, bei dem durch die dazugehörige Reihe und Spalte bereits viele Zahlen ausgeschlossen werden können. Sagen Sie sich die in der Reihe und Spalte vorkommenden Zahlen schnell vor. Fehlt womöglich nur noch eine einzige Zahl?

Wenn Sie alle Reihen und Spalten wie auf S. 3 beschrieben sorg-fältig prüfen, haben Sie automatisch auch jedes Feld geprüft.

<u>Schwierigkeitsgrad</u>:

Die Skala ist nach oben offen. Die hier abgedruckten Sudokus beginnen bei Stufe 7, Sudokus ab Stufe 15 sind selten. Die höher eingestuften Sudokus sind komplexer und daher schwerer zu lösen. Dort können Sie bisweilen „steckenbleiben", weil das Weiterkommen ab und zu an einer einzigen Zahl hängt, die vielleicht nur mit etwas größerem Aufwand zu ermitteln ist (siehe Lösungswege/Feld).

Nicht immer ist die Einstufung aber wirklich aussagekräftig, da schwierige Hürden mitunter durch Zufall gar keine größeren Probleme bereiten.

<u>Und nun viel Erfolg und viel Spaß beim Lösen der Sudokus!</u>

4

数独

			3		5		2	
	3				1		4	
		7					8	
		4		6		9		5
1				4				
2		9						
		5	8			6		2
			9					1
8				7				

SUDOKU 1 (STUFE 8)

数独

		1			9	7		5
2		5				3		
7		8		4			3	
					6			
	4	8		6				
			6	2			4	
	9				1			2
				8				6

SUDOKU 2 (STUFE 10)

数独

						7	6	
		4				2		
8			4		3			
		9		8			1	5
						9		
			6		9	8		
	4	3		5				6
6				4			2	8
		7			1			

SUDOKU 3 (STUFE 7)

数独

		2	9					6
		3						
7		8	2					
8		5			3	1	9	
	7				5	4		
					4		6	
				7		9		
1					6		4	
	2						3	

SUDOKU 4 (STUFE 14)

数独

		4	6				9	3
1		6				5		
				5				
9					4			
3						7	5	9
			7	3	2			
	3	5					8	4
2								7
			1		8			

SUDOKU 5 (STUFE 9)

数独

2			7					9
	8			2		3		
9								5
					1	7		4
		8					6	
			4	7	2			
7	3						9	2
		1		8				
	6							

SUDOKU 6 (STUFE 12)

数独

8	4				9	1		
5				2				
	9				5		6	
		1				2		6
			8					7
7	2							
			9	1		3	5	
	7		2					
		9			4		8	

SUDOKU 7 (STUFE 8)

数独

			1			9	2	
8	5							
	1		2	8				
						6		1
	8	7		5				
4								
3	4			2			8	
		6	9				1	
2					4			7

SUDOKU 8 (STUFE 10)

数独

			2				7	
2			5	1	9			
	1							2
	7			8				
		4				8		
	5			6			4	3
			1	5			9	
3			8				2	
6	2							1

SUDOKU 9 (STUFE 7)

13

数独

		4	6	1			7	
		9			7		5	
8		5	2				6	
		1	3	8				
6						2		
	9							1
2		7						
				4		3		

SUDOKU 10 (STUFE 15)

数独

		1	2			3		
				7		6	5	
	6							
3		4			8	1		
	5	7		3			9	
		5	7	8	1	9		
								3
4	9		6					2

SUDOKU 11 (STUFE 9)

数独

		8		9		5		
			4					
			5			8	4	
		3						
	9				7			1
		7	6			3		4
4				1				7
6					3			
		5				6		

SUDOKU 12 (STUFE 11)

16

数独

			8	4	6			
6		3				8		
					9		5	
				7		4		
	9		1					
8		6			5	2		
4	6		5			3		
1				8			7	
							8	

SUDOKU 13 (STUFE 7)

17

数独

2	9		5	4				
8							1	
			6	9			3	
6	2						5	
				6	4			
					9			
		6	1	7		2		5
								1
	8				9		7	

SUDOKU 14 (STUFE 10)

数独

9			8			2	1	
6					3			
2		5			7			
			9	7		4		
4					1	5		6
						9		
			3				5	4
	6	8						2
					5	8		

SUDOKU 15 (STUFE 8)

数独

		3	8					7
		1	4		2	5		
	9					1		
3		6			4			
			2		7			
							8	5
5	8				3		9	2
6				7	9			3

SUDOKU 16 (STUFE 12)

20

数独

		9			2	7	1	
		6	5	3				
8		4						
				5		8		
		3						9
1	9							
	4				7	6	3	
	2							
		7	2		6		9	

SUDOKU 17 (STUFE 9)

数独

		4						
		8		6	2	1		
					1	5	4	
5					9			8
2					3		9	
4		3			7			
1			2			3		
	7							
		6		1		4		

SUDOKU 18 (STUFE 10)

数独

		7			9		1	8
	1		8		5	7		
							6	
2				6			5	
	6				3			2
8								
4	3							1
					6	2		
			2	3				9

SUDOKU 19 (STUFE 7)

数独

	4			9		8		
	2			1				
						3		
		5	7					
			5		3	9	6	
9	3				1		5	
6			8				4	1
		3		6				
2		8					7	

SUDOKU 20 (STUFE 11)

数独

	5				3			
		6			9	2	3	
	1		6	2		7		
4			8	7				
		8	2			6		
						9		
5	6						4	
		1	9					
				5				2

SUDOKU 21 (STUFE 13)

数独

	7		4			2	6	
				7	3			
						3		1
2	1					7	9	
					7			
			6	9				
		6	8		9			
	4			5		1		8
1								

SUDOKU 22 (STUFE 9)

数独

5		4				1	3	9
					1			
	6			5				
		2			7			
	7			2			5	
		5	6			9		
	8			6		5	7	
					3			
9						8		4

SUDOKU 23 (STUFE 8)

数独

1		8		2			9	7
3			8			1		
							6	
	7		4				2	6
9					2			
		6	5					1
4	2							
					5			4
	1		3					5

SUDOKU 24 (STUFE 12)

28

数独

4		9			8			
	2							
						9		1
	4	6		3	2			
		2					8	
5			7					4
6		8					1	
				5	3			7
7					4			8

SUDOKU 25 (STUFE 7)

数独

3	4						6	
								2
			3	2				
		6	2					
9			7	8		3		
5				9			8	1
		8				5	4	
				1	4			
	5			7	8		1	

SUDOKU 26 (STUFE 10)

数独

		3		9			1	
	4		7					
			5	6				8
9	6	5	3	4		2		
2				8			9	7
1						9		
	2			1			6	
	5							

SUDOKU 27 (STUFE 9)

数独

		4		7				9
	5		3		1	6		
								2
5	9			8				
			2				6	
8			5			9		
3					4			8
			1	9			3	7
1	2							

SUDOKU 28 (STUFE 14)

数独

	5						3	
							6	2
		2	6		9			7
2					6			9
	3		8		2			5
9	4							
				8	1	7		
4			7					
	8					3		

SUDOKU 29 (STUFE 10)

数独

1	6	7		9				
5						3		
				5				8
7		6	2		1			
				7	4		8	
					5			7
		3		8				
					3			2
	1	2						9

SUDOKU 30 (STUFE 8)

数独

			9			6	1	
			4		3		2	
		4	2					
9					8	7		5
	2							
	5			1		3		
		6		9			5	7
	3	1						

SUDOKU 31 (STUFE 11)

数独

	5	9	6					
			4			1	3	
7	1				2			
			2	4	5	7		1
9				7				
			1		4	8	2	
	6						1	
5			3					

SUDOKU 32 (STUFE 7)

数独

	1		2			7	8	
			9					
8		6			7	4		
		3			5			9
			1					
						8		
			5	3				1
	3	9				6		
1	5		4					7

SUDOKU 33 (STUFE 9)

数独

2	7		8					
			3	1		7	8	
	4		6					
	5							
4							9	
1			4	2			7	8
			9		8	5	6	
	9						1	
							2	3

SUDOKU 34 (STUFE 12)

数独

	1		3		5		2	
		5						
							4	
3		1	2		9	7	8	
						4		
7		2			4	3		
			8					6
		8	6				1	3
1				9				

SUDOKU 35 (STUFE 10)

数独

	7	9				8		
					9	2		
8					4			
1	5		6		8			9
	8			3			7	
							6	
2	3			7				1
			5					
			9			4		7

SUDOKU 36 (STUFE 8)

40

数独

					1	2	9	8
5		2	7					4
3								
	7			3	2	6	8	
		3					1	
			4	9		7		
	5				3			
	8				6		4	

SUDOKU 37 (STUFE 15)

数独

9		3						
	5			4	2			
				6			9	1
1		4				2	5	
			8		4			
8				2				
	2	7		9		3		
								5
	4				7		6	

SUDOKU 38 (STUFE 10)

数独

7			5		1			4
5	8						1	
			7			3		
1							5	
		3		2	6			
								8
	1				8			
					4		2	7
		6				9	4	

SUDOKU 39 (STUFE 7)

数独

4				1			9	
		3	2					
	5				8	7		3
8		4		6			5	
				1				
	6	9	3					
7		2		8		9		
							1	
			4	5				

SUDOKU 40 (STUFE 9)

数独

			9	4			7	
		6						
9								8
			5		2			3
8		2		6				
	1						9	
	6				3	9	4	5
7								
	9		8				1	6

SUDOKU 41 (STUFE 14)

数独

8				4			3	
4		1				2		8
	9				6	7		
			9		4			2
		4	1					3
	5							
1							2	
		9		7				4
3			6					5

SUDOKU 42 (STUFE 8)

数独

7	3						6	5
				8	9	2		1
	8						4	9
		5	8			1		
			2			5		
	7	6						
3					6			2
	5				1			4

SUDOKU 43 (STUFE 11)

数独

9	2	1	6			3		
								1
3			8		4		7	
			4		2	5		
								6
8								
			9	7	8		1	
		5			1			
	7							4

SUDOKU 44 (STUFE 18)

Lösungen

```
468 395 127     841 239 765     392 185 764
932 781 546     275 468 391     514 796 283
517 426 389     639 517 428     876 423 951

384 267 915     768 142 539     769 238 415
176 549 238     912 753 684     138 574 692
259 138 764     354 896 217     425 619 837

745 813 692     187 625 943     943 852 176
623 954 871     496 371 852     651 947 328
891 672 453     523 984 176     287 361 549
```

Sudoku 1   Sudoku 2   Sudoku 3

```
452 937 816     524 617 893     253 714 689
613 548 279     186 349 572     186 529 347
798 261 354     793 285 461     947 386 125

845 623 197     967 524 318     625 891 734
976 815 423     342 861 759     478 253 961
231 794 568     851 973 246     319 647 258

364 172 985     635 792 184     731 465 892
189 356 742     218 456 937     592 138 476
527 489 631     479 138 625     864 972 513
```

Sudoku 4   Sudoku 5   Sudoku 6

```
847 369 125     734 165 928     569 234 178
536 421 879     852 479 136     287 519 634
192 785 463     619 283 745     413 678 952

981 573 246     923 847 651     976 483 215
653 842 917     187 356 294     134 725 869
724 196 538     465 912 873     852 961 743

268 917 354     346 721 589     748 152 396
475 238 691     578 694 312     391 846 527
319 654 782     291 538 467     625 397 481
```

Sudoku 7   Sudoku 8   Sudoku 9

```
354 612 879     541 269 378     148 792 536
762 895 134     982 374 651     359 468 172
189 437 652     763 815 429     726 531 849

845 271 963     619 427 835     263 149 785
921 386 547     324 598 167     594 387 261
673 954 218     857 136 294     817 625 394

496 523 781     235 781 946     432 816 957
237 168 495     176 942 583     671 953 428
518 749 326     498 653 712     985 274 613
```

Sudoku 10   Sudoku 11   Sudoku 12

```
975 846 132      293 541 768      973 864 215
613 752 849      865 732 419      681 523 749
284 319 756      417 698 532      245 197 368

521 678 493      624 917 853      156 978 423
397 124 568      539 864 127      497 231 586
846 935 217      178 325 946      832 456 971

468 597 321      946 173 285      719 382 654
159 283 674      752 486 391      568 749 132
732 461 985      381 259 674      324 615 897
```

Sudoku 13   ### Sudoku 14   ### Sudoku 15

```
423 815 967      539 482 716      614 975 823
761 492 538      276 531 984      358 462 179
895 736 124      814 769 523      729 381 546

376 584 219      762 953 841      567 149 238
958 321 746      453 178 269      281 653 794
142 967 385      198 624 357      493 827 615

239 658 471      945 817 632      145 296 387
587 143 692      621 395 478      872 534 961
614 279 853      387 246 195      936 718 452
```

Sudoku 16   ### Sudoku 17   ### Sudoku 18

```
347 629 518      741 395 826      259 713 468
916 845 723      326 418 795      786 549 231
528 317 964      589 276 314      314 628 795

293 164 857      865 749 132      495 876 123
764 583 192      174 523 968      138 294 657
851 792 346      932 681 457      627 351 984

432 958 671      697 832 541      562 187 349
189 476 235      453 167 289      841 932 576
675 231 489      218 954 673      973 465 812
```

Sudoku 19   ### Sudoku 20   ### Sudoku 21

```
973 481 265      524 786 139      148 623 597
561 273 984      798 341 265      369 857 142
482 965 371      163 952 748      752 941 863

214 538 796      642 597 381      571 438 926
695 127 843      379 128 456      934 162 758
837 694 512      815 634 927      286 579 431

326 819 457      281 469 573      425 786 319
749 356 128      457 813 692      893 215 674
158 742 639      936 275 814      617 394 285
```

Sudoku 22   ### Sudoku 23   ### Sudoku 24

```
469 318 752    342 157 869    583 492 716
127 495 836    785 469 132    641 738 529
385 276 941    691 832 754    792 561 438

846 532 179    836 241 975    965 347 281
972 641 385    914 785 326    214 685 397
531 789 264    527 396 481    378 129 654

658 927 413    168 923 547    136 854 972
214 853 697    273 514 698    427 913 865
793 164 528    459 678 213    859 276 143
```

Sudoku 25   **Sudoku 26**   **Sudoku 27**

```
234 876 159    657 128 934    167 398 425
957 321 684    894 375 162    548 127 396
681 945 372    312 649 587    239 465 178

596 483 721    275 436 819    786 251 943
743 219 865    136 892 475    395 674 281
812 567 943    948 517 623    421 839 567

379 654 218    523 981 746    953 782 614
468 192 537    461 753 298    674 913 852
125 738 496    789 264 351    812 546 739
```

Sudoku 28   **Sudoku 29**   **Sudoku 30**

```
325 987 614    459 613 287    914 256 783
187 463 529    286 497 135    375 984 216
694 251 873    713 582 649    826 317 495

913 628 745    638 245 791    243 875 169
762 534 981    945 871 362    687 192 534
458 719 362    172 936 458    591 643 872

846 392 157    397 154 826    762 538 941
231 875 496    864 729 513    439 721 658
579 146 238    521 368 974    158 469 327
```

Sudoku 31   **Sudoku 32**   **Sudoku 33**

```
271 859 436    814 375 629    679 251 834
965 314 782    695 428 137    345 789 216
843 672 159    237 916 548    812 364 795

658 793 241    341 269 785    157 628 349
427 186 395    589 137 462    986 435 172
139 425 678    762 584 391    423 197 568

312 948 567    953 841 276    234 876 951
596 237 814    478 652 913    791 542 683
784 561 923    126 793 854    568 913 427
```

Sudoku 34   **Sudoku 35**   **Sudoku 36**

```
647 351 298     963 518 472     739 561 284
512 789 364     751 942 836     582 439 716
398 264 571     482 763 591     641 782 395

174 932 685     134 679 258     168 397 452
823 645 917     276 854 913     453 826 179
965 817 432     895 321 647     927 145 638

231 498 756     627 195 384     214 978 563
456 173 829     319 486 725     395 614 827
789 526 143     548 237 169     876 253 941
```

Sudoku 37   **Sudoku 38**   **Sudoku 39**

```
478 513 296     523 948 671     867 241 539
693 274 581     186 257 439     431 795 268
251 698 743     947 631 528     592 836 741

834 967 152     479 512 863     713 964 852
527 841 369     832 769 154     284 157 693
169 325 478     615 384 297     956 328 417

742 186 935     268 173 945     175 489 326
985 732 614     751 496 382     629 573 184
316 459 827     394 825 716     348 612 975
```

Sudoku 40   **Sudoku 41**   **Sudoku 42**

```
739 142 865     921 657 348
564 789 231     748 239 651
821 563 497     356 814 972

287 615 349     617 492 583
495 837 126     594 783 126
613 294 578     832 165 497

176 428 953     463 978 215
348 956 712     285 341 769
952 371 684     179 526 834
```

Sudoku 43   **Sudoku 44**